Gabriele Hefele
Saunageflüster
Worüber Frauen tuscheln, lachen, lästern

Zur Autorin

„Ich liebe ihre Ironie!" (Marion Möller, Verlegerin)

Dr. Gabriele Hefele, geb. Wilpert schrieb mit 17 Jahren ein Fernsehspiel für die ARD, arbeitete neben dem Studium beim Bayerischen Fernsehen, war unter anderem Chefredakteurin einer Jugendzeitschrift und Pressechefin der Langenscheidt Verlagsgruppe in München. Sie schrieb und schreibt Glossen für diverse Medien, verdankte diesem Talent eine Einladung zum Klagenfurter Publizistikpreis. Sie lebt seit 2000 in Andalusien, war Reporterin bei Radio Onda Cero Internacional in Marbella und ist Mitarbeiterin u.a. der „SUR-Deutsche Ausgabe" und „New Mallorca". Sie veröffentlicht Artikel auch online bei www.pagewizz.com, DieRedaktion.de, residentenkurier.com und www.suite101.de.

Bisher erschienen folgende Bücher von ihr:

Motorradfahren mit Spaß und Verstand

Kann Erfolg denn Sünde sein - Erfahrungen einer Karrierefrau

Mein andalusischer Gärtner

Spanien für Fortgeschrittene (Hörbuch)

Wie der Herr so's G'scherr – Die Streiche meiner Tiere

Was macht die Kuh im Swimmingpool?

Das Kuriose-Tage-Buch - Originelle Gedenktage übers Jahr

außerdem Teilname im Autorenteam von „ENCANTO", Fotobuch über die Feria in Jerez in Englisch und der BoD-Anthologie: „Jede Menge Erben"

Mehr auf ihrer Autoren-Webseite. www.historiette.jimdo.com

Gabriele Hefele

Saunageflüster
Worüber Frauen tuscheln, lachen, lästern

Bibliografische Information der Deutschen Nationalbibliothek:
Die Deutsche Nationalbibliothek verzeichnet diese Publikation in der Deutschen Nationalbibliografie; detaillierte bibliografische Daten sind im Internet über http://dnb.dnb.de abrufbar.

2. bearb. Auflage
© 2014 Gabriele Hefele
www.BioRanch.com
email: info@BioRanch.com
alle Rechte vorbehalten

Herstellung und Verlag:
BoD - Books on Demand GmbH, Norderstedt
Satz: Georgia
Schlusskorrektur: Sonja Ziehr
Titelgestaltung: Gabriele Hefele unter Verwendung eines Fotos von Reinhard Hefele (Sauna-Hintergrund) und eines Bildes von Ilona Nolte: www.ilona-nolte.de

ISBN: 978-3-7322-96224

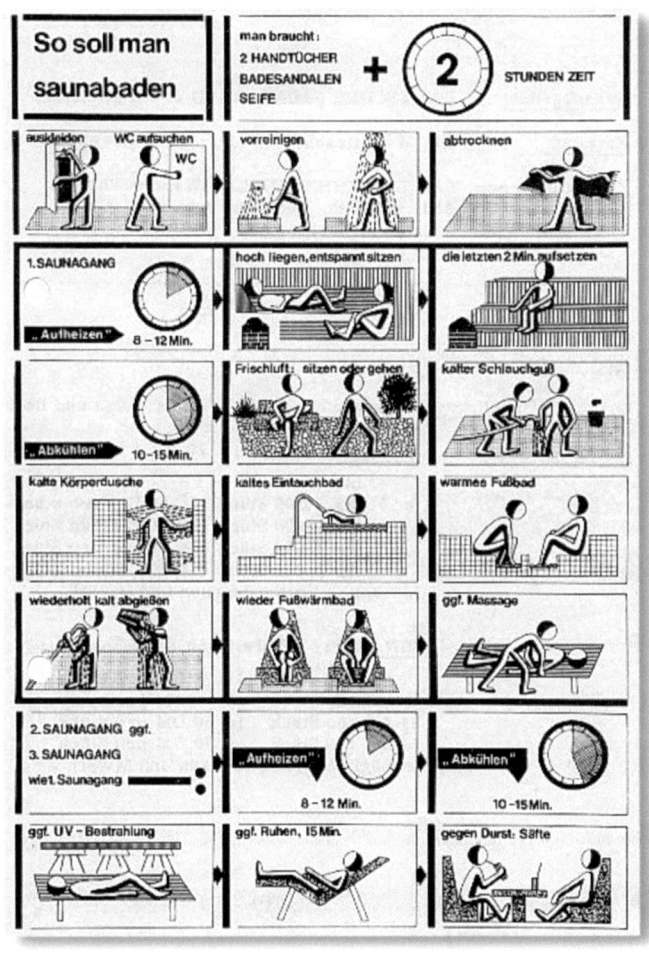

Saunaregeln nach Deutschem Saunaverband e.V.

Inhaltsverzeichnis

Einleitung:
Und immer wieder donnerstags 8

Mein Auto, sein Auto - zwei Welten 11

Wieviele Handtaschen braucht frau? 16

Ein Hoch auf unseren Po! 20

Pfeifen Sie noch, die Bauarbeiter? 24

Sexfallen im Urlaub 29

Zweideutige Wörter und Gesten 35

Die Rolle der Zahnpastatube in einer Beziehung 39

Die verruchte Doppelbadewanne 43

Feng Shui in der Liebe 48

Die anderen kriegen ihre 1,3 Kinder – und wir? 53

Unsere WC-Bibliotheken	58
Unsere Modeberater	62
Wie halten wir's mit Fitness und Bodyshaping?	66
Der letzte weibliche Vorsprung	71
Nachwort: Wo sind sie geblieben?	75
Weitere Werke der Autorin	77

Anmerkung:
Ach ja, es gibt zwar Personenvorlagen zu den handelnden Damen in diesem Buch, aber die wurden sehr frei kombiniert, manipuliert und haben mit echten Personen nichts mehr zu tun bzw. jede Ähnlichkeit ist pure Fiktion!

Einleitung
Und immer wieder donnerstags

Drei Frauen im gestandenen Alter von um die 40 Jahre treffen sich jeden Donnerstagvormittag im Dantebad in München am sogenannten Frauentag in der Sauna. Sie lernten sich als Arbeitskolleginnen beim Bayerischen Fernsehen kennen. Das Dantebad am nördlichen Rand des Stadtzentrums ist für alle drei gleich gut erreichbar.

Da ist einmal Andrea, die beim Rundfunk und Fernsehen ihre Ausbildung machte, nebenbei ihren Doktortitel erwarb, dann aber die Intrigen dort nicht mehr aushielt und nun in leitender Position in einem Münchner Buchverlag tätig ist. Sie ist in diesem Buch ein bisschen das Alter ego der Autorin. Erzählt gerne und viel. Verheiratet mit einem Ingenieur.

Dann Ingrid, mondäne Norddeutsche und mächtige Assistentin des Programmdirektors, mit ungebrochenem Ehrgeiz, es beim Fernsehen noch weiter bringen zu wollen. Laviert sich geschickt durch den

Intrigensumpf am Arbeitsplatz, wird deshalb immer etwas misstrauisch beäugt und ob ihres gestählten, hart erarbeiteten Fitnesskörpers beneidet. Single, die nichts anbrennen lässt und immer für eine spitze Bemerkung gut ist.

Helen, eigentlich Helene, aber beim Fernsehen klingt Helen so viel besser, ist die seelenvolle Sekretärin eines Redaktionsleiters, der mütterliche Typ. Das unterstreichen schon ihre ausladenden Hüften. Sie hat aber Geschmack, was ihre Verhüllung derselben angeht. Weniger bei Männern. Da war sie lange Zeit Geliebte eines verheirateten anderen Chefs. Jetzt gerade wieder Single.

Diese drei trafen sich zuerst immer öfters in der Kantine, hechelten schon dort so allerlei Skandälchen und Gerüchte um die Moderatorinnen, Schauspieler und Redakteure an den umliegenden Tischen durch, bis Helen nach Andreas TV-Flucht auf die Idee kam, man könne das Ganze auch beim vormittäglichen Saunen fortsetzen. Denn einen Vorteil haben die Berufe der drei Damen: Sie können sich diesen zweieinhalbstündigen Freiraum ohne größere Probleme mitten im Arbeitsalltag nehmen.

Belauschen wir also dieses „Weibertrio", wie man in Bayern ruhig ohne defätistischen Beigeschmack sagen kann, bei ihren wöchentlichen Gesprächsthemen, dem Klatsch und Tratsch und auch bei ihren nebenbei abfallenden alltagsphilosophischen Entgleisungen.

Die Autorin gibt offen zu, dass „Sex and the City" sie anregte, eigene Erfahrungen hier in vorherrschender Dialogform zu verarbeiten, die man leicht in ein Drehbuch umwandeln könnte...nur so ein Hintergedanke. Und hat eine ordentliche TV-Serie nicht 12 oder 13 Folgen wie die Kapitel hier? 13 als Glückszahl gemeint natürlich.

Gabriele Hefele

Mein Auto, sein Auto – zwei Welten

„Mensch Andrea, was ist denn mit Dir los?", wird Andrea von Ingrid, schon im Bademantel, empfangen:

„Heute mit Fahrrad und nicht deinem flotten BMW?". Und gerade als Andrea mit hochrotem Kopf - vom Radeln und weil ertappt - etwas von Fitness und gut für die Oberschenkel faseln möchte, fährt Ingrid fort: „Wohl irgendwo ang'wandelt oder wieder mal abgeschleppt worden?"

Andrea kleinlaut: „Habe zwei Felgen beim raschen Rechtsabbiegen mit dem hohen Randstein zuschanden gefahren - was müssen die auch so hoch sein. Jetzt müssen die Reifen erst bestellt werden."

„Dass du es nicht mit rechts hast, wissen wir ja", so die auch schon ausgezogene Helen, die gerade ihren Spind abschließt.

Ingrid wieder, mit schief gelegtem Kopf: „Und was sagt der Gatte, der Ingenieur dazu?"

„Ach, der war ganz verständnisvoll und außerdem ist es ja mein Auto", so Andrea fast trotzig. „Aber ich musste mir was vom engeren Radius der Rechtskurve und so weiter anhören."

„Nun aber husch, husch, meine Damen, ich hab um 12.30 Uhr ein Arbeitsessen", tönt es von Ingrids Seite, „wir gehen schon mal vor, Helen und ich."

Die Reinigungsdusche fällt bei Andrea etwas kurz aus und das heiße Fußbad schenkt sie sich dieses Mal ganz. Sie öffnet die Tür zur Saunakabine und nimmt erst mal Platz auf der mittleren Bank, halb sitzend, da die oberen Bänke alle schon belegt sind. „Ich sag euch was," so sie im fast dozierenden Ton zu den Freundinnen gewandt, „wir Frauen und Männer kommen sowieso nie überein, was unsere Autos angeht. Da ist der berühmte Unterschied nicht klein, sondern riesengroß! Für uns Frauen ist ein Auto nicht so sehr Statussymbol, es muss praktisch und zuverlässig sein wie ein Geschirrspüler und modisch wie ein Accessoire. Der PKW ist für mich nur ein praktischer Gegenstand, um schnell und zuverlässig von A nach B zu kommen, außerdem aber auch modisches Groß-Accessoire, einer überdimensionalen Handtasche nicht unähnlich."

„Ja, aber bei Dir mehr ein fahrender Abstellraum", so zischelt es von Ingrid herunter.

„Aber bei mir in meiner Nuckelpinne muss hinter der Heckklappe auch alles zum Unterbringen sein, vom Saunamantel, dem Obstkorb bis zum Flohmarktschränkchen," kommentiert Helen.

„Also mir hätte dein Wägelchen zu wenig PS", mokiert sich Andrea, „genügend Pferdestärken unter der Motorhaube müssen schon sein, um nicht an jeder Steigung von grinsenden Dickwanst-Papis überholt zu werden. Spaß am Fahren bedeutet für mich eben auch, bei Grün an der Ampel lächelnd an einem windzerzausten Schönling im Cabrio vorbei zu ziehen, damit der nicht meint, der kurze Flirt bei Rot berechtige ihn zu unverfrorenen Hoffnungen!"

„Zuverlässig muss das vierrädrige Gefährt sein, weil es für Haus- wie Karrierefrau so unentbehrlich wie eine Geschirrspülmaschine geworden ist. Vor der will man auch nicht immer auf dem Bauch liegen und den weißen Gucci-Rock gefährden", kommt es von Ingrids Pritsche herunter. „Hast du denn nicht mal sogar so einen Karrierefrau-Auto-Workshop veranstaltet, Andrea? Was kam denn dabei heraus?"

Das Auto der Karrierefrauen

„Ja, nachdem die meinen Artikel im Vorstand gelesen hatten, dass die Autohersteller nie an uns Karriere-Frauen denken. Ich durfte ein Team von

Chefinnen zusammensuchen. Dabei stellte sich heraus, dass wir Frauen ganz besonderen Wert auf Umweltschutz legen, am liebsten hätten wir zwei Katalysatoren oder zumindest deren Wirkung, und da frau das Haushaltsgeld seit Jahrtausenden zusammenhält, ist ein Benzin sparendes Vehikel ein Muss. Schnickschnack wie Quadrophonieradio mit 22 Knöpfen interessiert uns weniger, aber Antiblockiersystem und Allrad kommen gut an. Letzteres gut zu gebrauchen, falls frau sich mit Schwung abends in einen Schneehaufen manövriert, der frühmorgens sehr fest gefroren ist".

Helen: „Hihi, du redest von dir und deinem Geschick damals auf dem Firmenparkplatz?"

Andrea: „Ja, kostete mich eine Flasche Champagner für den Assistenten der Geschäftsleitung, der mir dann schieben half. Aber wusstet ihr, dass die herrliche Erfindung der Einparkhilfe beim Rückwärtsfahren auf uns zurückgeht?"

Ingrid: „Es soll auch viele Männer geben, die insgeheim diese Erfindung ebenso begrüßen!"

Andrea: „Schicke Stoffmuster durften wir uns auch aussuchen in der Designabteilung, aber das haben die kaum umgesetzt, bis auf Ausnahmen, oder? Genauso wenig wie die tolle Idee der Chefredakteurin einer großen Modezeitschrift, doch in der Motorhaube wichtige Kabel farbig zu kennzeichnen, damit man bei einer Panne doch gleich dem Werkstattmenschen telefonisch genau erklären kann, wo etwas gerissen ist oder brennt!"

Helen: "Das hätte ich für eine prima Idee gehalten! Erinnerst du dich noch an meinen vorletzten Flitzer, bei dem immer das Zündkabel heraussprang, wenn ich am mittleren Ring scharf abbiegen wollte? Da hat mir ein Mechaniker mal gezeigt, wie ich die Motorhaube öffne und das Kabelende einfach wieder aufstecke und weiter gings! Sehr zum Staunen der hupenden männlichen Autofahrer an der Kreuzung!"

Andrea: „Ja, aber weißt du, was die Herren der Edelmarke, die uns eingeladen hatten, dazu kommentierten: Unsere Autos gehen nicht kaputt!"

Ingrid und Helen wie aus einem Mund: „Machos!"

Wieviele Handtaschen braucht eine Frau?

„Und - hast du deinen flotten Flitzer wieder, deine fahrende Handtasche?" frotzelt Ingrid am nächsten Donnerstag in Richtung Andrea. Sie liegen bereits in flauschige Bademäntel gehüllt auf den Liegen im Ruheraum.

„Nein noch nicht, aber du hast schon recht: Ich gebe hiermit offiziell meinen Taschentick zu! Einen Schuhtick wie ihr kann ja jede haben, mich zieht es beim Shopping immer in die gut bestückten Leder- und Taschengeschäfte. Neulich, beim Einpacken für unseren Umzug ins Haus, der uns demnächst bevorsteht, wie ihr wisst, brachte Göttergatte es gnadenlos an den Tag: Beim Ausmisten und Einpacken zählte er meine Handtaschen durch und kam auf 62! Ich fand aber unfair, dass er die fünf Abendtäschchen, sechs Gürteltäschchen und wiederum fünf Handytäschchen auch dazu zählte!"

„Für mich sind Taschen nur ausgewachsene

Handtaschen, in die ich mindestens DINA-4-Blätter reinkriegen muss, ungeknickt", bemerkt Ingrid." Also mit so kleinen neckischen Schultertaschen und Disco- oder Partytaschen konnte ich nie etwas anfangen. Da habe ich eine solche sogar mal an einem Restaurantstuhl in der Toskana hängen lassen mit 1.000 Euro Urlaubsgeld und goldenen Ohrringen! Die mir der Wirt nachtragen musste und darauf bestand, dass ich alles überprüfte, ob nichts fehle."

Andrea: „Wenn man solche Ziertäschchen nicht mitrechnet, dann wären es bei mir nämlich nur 46 an der Zahl."

„Zweitwohnungen, wie die Youngsters so sinnig dazu sagen", so Helen. „Hatten wir gerade in unserem Beitrag in der Redaktion über den Jugendslang."

Andrea: „Ja, also gut, ich gehe ja so weit, mein Auto als nur etwas größere, fahrende Handtasche zu bezeichnen. Ist doch wirklich ähnlich: Heckklappe auf und alles hinein schmeißen, auch längere Zeit damit herumfahren."

Ingrid: „Es muss bei mir jetzt nicht immer eine echte Chanel oder Hermes oder Gucci sein - so etwas ließ ich mir allerdings schon zweimal schenken."

„Von Verehrern?" kommt es fast im Chor von Andrea und Helen. Ingrid überhört die Bemerkung und fährt ungerührt weiter. „Allerdings bin ich gegen Fakes."

„Dann lieber gleich knautschige und originelle, bunte Taschen aus echtem leichten Kunststoff" stimmt Andrea zu. „Gerade die Italiener oder Spanier sind da ja unübertroffen!"

Ingrid wieder: „Im Berufsbereich aber gilt nur echtes, edles Leder. Da gebe ich schon mal 800 Euro aus, beim Factory Outlet, zum Beispiel bei Luis Vitton, für so einen gekonnten Auftritt."

Testamentsänderung

Andrea: „Aber ich gebe zu, manchmal finde ich plötzlich hinten im Schrank ein Taschen-Exemplar, das hatte ich gar nicht mehr in Erinnerung gehabt. Okay, ich frage mich selber, warum es mich im Kaufhaus immer erst in die Taschenabteilung zieht ebenso wie an die Marktstände zu den 10-Euro-Plastikungetümen. Mir kann man keine größere Freude machen, als mich eine Ledertasche aussuchen zu lassen zum Geburtstag, wie neulich meine Mutti."

Helen: „Ich habe da so meine Ansicht: Weil du keine Kinder hast, sind deine Taschen so etwas wie ein aufgeblähter Uterus, den du mit Dir herumtragen willst als Ersatz für Schwangerschaft!"

„Helen, du spinnst! Deine Interpretation halte ich aber für sehr pervers und weit hergeholt. Man muss auch nicht alles erklären können, oder? Umgehauen hat mich aber neulich der Bericht meiner Putzhilfe. Deren zwei Teenie-Tochter, die sie oft mitbringt, sagten zu ihr, ob sie nicht auf mich einwirken könne, dass ich ihnen in meinem Testament meine Taschensammlung vermache! Daraufhin habe ich mich von vier auffallenden Taschen, in die eh nur DINA-5 hineinging, für sie getrennt, damit sie nicht so lange warten müssen. Jetzt sind es nur noch 42 Taschen – ätsch."

Ein Hoch auf unseren Po!

„Huch, hast du d i e gesehen?", flüstert Andrea im Duschraum, sich abtrocknend, Helen zu. „Ich bewundere deren Selbstbewusstsein, in eine öffentliche Sauna zu gehen - bei den Fettwülsten!" Helen: „Ja, da fühlen wir uns direkt mager dagegen, was."

Ingrid steigt auch aus der Dusche und greift nach ihrem Badetuch: „Am besten, ihr legt euch daneben, dann wirkt ihr gleich noch schlanker!", zischt sie ebenso leise. Helen ergänzt: „Den Trick kenne ich auch. Auf Gruppenfotos stelle ich mich auch gerne neben eine dickere Person, dann wirkt man gleich um eine Kleidergröße schlanker!"

Helen weiter: „Allerdings - in ihrem Alter! Da nimmt man einfach fast automatisch zu, habe ich gelesen. Auch die Knochen werden irgendwie breiter." - „Wär das nichts für eine Sendung", meint Andrea zu Ingrid. „Ich würde ja gerne an Oberweite zulegen, da hätte das Alter doch endlich mal Vorteile!"

Sie schlurfen auf ihren Flipflops zur Sauna und schnell durch die Tür hindurch. Dieses Mal wird der erste Saunagang schweigend genossen. Andrea hält es nicht länger als sieben Minuten darin aus, sie packt ihre beiden Tücher und ist draußen. Die anderen beiden folgen im Zwei-Minuten-Abstand. Erst wird unter kaltem Wasser geprustet, Ingrid steigt mutig ins Kaltbecken, aber keine folgt ihr. „Meine Mama sagt, das mache Kopfweh, so ein Kälteschock", erläutert Andrea zu Helen mit einem Kopfnicken in Richtung Ingrid.

Danach, in die Bademäntel gehüllt, Andrea mit hoch erhobenem Kopf in einem neuen schwarzbunten, bodenlangen Bademantel, treffen sie sich im Freigelände, das sie im Moment für sich alleine haben. Beim Auf- und Abgehen kommt Andrea mal wieder ins Dozieren: „Ist euch eigentlich aufgefallen, dass man die Männer einfach in zwei Gruppen teilen kann: in Busenfetischisten und in Pofetischisten! Meiner gehört zum Glück zu den letzteren".

Helen kichernd: „Meiner Gott sei Dank auch!" Andrea. „Und meine Mutter hatte auch Glück mit ihrem zweiten Mann, der nennt ihr Hinterteil so liebevoll 'Fütt' als ehemaliger Marinesoldat. Darin sieht man nebenbei, dass unsere gebärfreudigen Hüften erblich sind."

Andrea weiter, den Zeigefinger erhebend: "Die ersteren werden den Mamasöhnchen zugeteilt, die immer noch in der Saugphase seien, die anderen der direkten Abstammung von den Primaten, die ja ungeniert mit wackelndem Hinterteil den Sexualpartner umwerben. Warum, nebenbei bemerkt, hat keiner die hohen Scheidungszahlen daraufhin untersucht? Vielleicht basieren die einfach nur auf den Missverständnissen, dass Busenliebhaber und Pofetischisten an die jeweils falsch ausgestattete Partnerin geraten sind?"

Die neue Po-Mode

Ingrid, die schon auf dem Weg zum zweiten Saunagang ist: „Zu euerm Trost: Der Po ist jetzt im Kommen! Die Schönheitschirurgen stellen sich schon darauf ein. Das Wort vom Po-Tuning macht jetzt die Runde! Jennifer Lopez soll ja auch in der Beziehung nachgeholfen haben".

Helen schwärmerisch: „Das wäre doch mal ein Fernsehkulturbeitrag! Mit schönen geschichtlichen Rückblicken: Immer gab es doch Zeiten, die den Po in der Mode besonders betonten. Man denke nur an die Reifröcke unter Ludwig IX oder an den so genannten Cul de Paris, als man das Hinterteil beim Kleid extra aufbauschte. Das kam dann auch wieder in der Biedermeierzeit im wahrsten Sinne des Wortes hoch, also in der zweiten Hälfte des 19. Jahrhunderts."

Ingrid: „Und denkt mal heute an Vivienne Westwood und ihre ersten Kollektionen."

Andrea: „Vergesst mir die Dirndlmode nicht, zum Beispiel das Tegernseer Dirndl mit neckisch angesetztem Schößchen in der Taille. Ich habe doch jetzt auch so eines." Ihr fällt noch schnell ein: „Die Flamencomode trägt dem schon lange Rechnung: Seit Jahren beginnen die Rüschen und Volants nicht an der Taille, sondern da liegt der Rock erst eng an und modelliert den Allerwertesten auffällig und ungeniert heraus, während die Rüschen erst um die Waden und Knöcheln spielen."

Ingrid, dreht sich vor der Saunatür noch einmal um: „So lange das nicht ausartet wie bei der Dame, die vom plastischen Chirurgen einen Po modelliert haben wollte á la dem Hinterteil der Frauen aus der Karibik, auf dem man zwei Sektgläser ungefährdet abstellen könne!"

Kichernd gehen die Drei durch die Tür, lassen aber notgedrungen zunächst die Dicke heraus und suchen sich wieder ihre Plätze auf den Bänken.

Ingrid: „Wie wär's jetzt mit einem Aufguss, meine Damen?"

Die pfeifenden Bauarbeiter

„Was macht der Baufortschritt eures Hauses auf dem Land, Andrea?", will Ingrid wissen beim nächsten Treff und ersten Saunagang. „Oh ja", fällt Helen mit ein: „Pfeifen Sie dir auch ordentlich hinterher, die Bauarbeiter?"

Andrea lachend: „Nein, unsere nicht, das trauen sie sich leider nicht. Leider sage ich. Denn, wenn wir ehrlich sind, bei aller Sexismus-Diskussion: Unwillkürlich schreiten wir doch dann wie die Casting-Mädchen bei Heidi Klum's next Topmodel an der Baustelle vorbei! Auch wenn unser auf Misstrauen geschulter Verstand sagt, dass sie maßlos übertreiben, aber es wirkt trotzdem so wohltuend auf unser Selbstbewusstsein, gell?"

Helen stimmt in ihr Lachen mit ein: „Das erinnert mich an eine Szene aus der TV-Serie *'King of Queens'*: Da hing der Haussegen bei Familie Hefferman schief, weil die Arbeiter der benachbarten Baustelle seiner Gattin nicht nachgepfiffen hatten und sie ihn deshalb mit ihren Komplexen vor dem Spiegel nervte. Was tat der liebende Gatte? Er drückte den Bauarbeitern heimlich einen 10-Dollar-Schein in die Hand, und die übertrafen sich am nächsten Tag geradezu mit Anmache und Pfiffen, so dass seine Frau Carrie wieder erhobenen Hauptes das Haus verlassen konnte!"

Ingrid spitz :„Ja, Andrea, vielleicht sollte dein Gatte sich das mit dem Geldschein auch überlegen, oder?"

Andrea: „Du, würde der nie machen, das hielte er für Geldverschwendung. Und die Bauarbeiter vom Kanalbau weiter unterhalb der Straße, die pfeifen immerhin noch hinter mir her - besonders, als ich neulich frisch vom Friseur mit so einem neuen Girliehaarschnitt kam!"

Helen, seufzend: „Ich bin ja etwas älter als ihr - ich erinnere mich noch gut an die italienischen Gastarbeiter, die waren unübertroffen mit ihrem 'Ragazza, bellissima!' Da wäre ich am liebsten gleich zweimal hintereinander vorbei begangen!"

Her mit den Machos und Südländern!

Andrea: „Ja die Latinos, sind doch unübertroffen in ihren Schmeicheleien!" Daraufhin Ingrid, die gerade von der obersten Bank auf die mittlere herabsteigt: „Seid froh, dass ihr vielleicht nicht alle Frechheiten verstanden habt, die sie euch hinterherriefen."

Andrea, Augen rollend: „Aber wenn wir schon dabei sind: Bauarbeiter werkeln doch immer so schön mit freiem Oberkörper, da konntest du sehen, wie herrlich die nicht nur mit Muskeln, sondern auch mit Brusthaaren bestückt waren – ganz anders als neuerdings so Parfümreklamen mit männlichen Models, die zwar fototechnisch ästhetisch, aber völlig unerotisch wirken!"

Helen, seufzend: "Ich gebe Dir recht, es fehlt diesen professionellen Schönlingen nämlich an einem wichtigen sekundären Geschlechtsmerkmal: an den Brusthaaren! Übrigens habe ich die Mick-Jagger-Hysterie nie so ganz verstanden, welch unvollkommenes Sexsymbol mit glatter Männerbrust, da nützen auch die obszönsten Hüftschwünge nichts."

Plädoyers für männliche Brusthaare

Andrea: „Diese Typen hätten nie eine Chance bei mir ohne das wichtige männliche Attribut der kräuselnden Haare zwischen Kehlkopf und Nabel. Leider werden oder wurden sie zumindest in der Körpermode der letzten Jahre sträflich vernachlässigt. Da gibt es nicht nur die grausamen Spots der Beinenthaarungen für Ladys, nein, da wurden auch Männer mit diesen „Kosmetik"-Methoden auf Rücken und

Brust gequält. Bei Tieren würde man dabei gleich eine Anzeige wegen Tierquälerei erhalten!"

Ingrid: „Mir ist es zwar egal, ob behaart oder glatt, Hauptsache ein echter Mann mit Durchhaltevermögen!".

„Darf ich die Damen ergänzen", mischt sich eine flotte ungefähr 45Jährige ein, die sich schon länger auf der unteren Bank leise amüsierte, „Schimanski fällt mir da ein und er hat sie natürlich, die aufregende Brustbehaarung – ob Götz George wohl ohne so große Karriere gemacht hätte? Auch Richard Chamberlain schmücken kleine Locken an der Stelle, obwohl ich sie ihm gar nicht zugetraut hätte - aber eine Strandszene in 'Die Dornenvögel' brachte es an den Tag."

Das Weibertrio nickt und murmelt zustimmend. Andrea: „Zum Glück kann ja mein Göttergatte reichlich Gelocktes aufweisen."

Ingrid: „Die neue 'Cosmopolitan' - habt ihr die schon gesehen? Die bestärkt uns jetzt auch im endlich wieder auflebenden Trend: Weg von den glatten Bubies wie Leonardo di Caprio - hin zu den männlichen Prachtexemplaren mit Haarpelz wie einst der legendäre sich räkelnde Burt Reynolds, denn Mann trägt jetzt T-Shirts mit V-Ausschnitt und zeigt, was er hat!"

Die 45Jährige, schon beim Hinausgehen: „Hihihi - besonders, wenn es dafür oben am Haupt fehlt!"

Perlendes Gelächter der Drei, die ihr ebenfalls in den Duschraum folgen.

Nach dem dritten Saunagang verabschiedet sich Ingrid von Andrea und Helen mit folgenden Worten: "Na denn - schönen Urlaub allerseits und lasst die behaarten Typen auf euch wirken am Strand! Wir sehen uns dann in sechs Wochen wieder - same procedure am selben Ort!"

Sexfallen im Urlaub

Sechs Wochen später. Ingrid räkelt sich nahtlos braungebrannt auf der obersten Saunabank. Helen: „Wo warst du denn im Urlaub und bist so schön braun geworden?"

Ingrid: „Segeln im westlichen Mittelmeer von Ibiza bis Monte Carlo. Auf einer Yacht von Freunden meines Ex. Da kann man schon mal ohne alles auf Deck liegen."

Andrea zu Helen: „Und du - hast ja abgenommen, aber Bräune war wohl nicht?"

Helen: „Ach, ihr wisst doch, Lukas und ich waren am Umziehen und haben seine kleine Bar eingerichtet. Aber du bist auch nicht viel brauner, wohl wieder mit dem Motorrad unterwegs gewesen?"

Andrea: „Klar - tolle Tour über die Alpen, den Apennin, die Küste entlang und dann rüber nach Korsika".

Ingrid: „Gibt wohl wieder eine interessante Reisestory zu lesen?"

Andrea: „Auf jeden Fall, und dann verkaufe ich auch noch an Frauenzeitschriften eine Glosse über das Partnerschaftstrauma im Urlaub".

Ingrid und Helen, fast wie aus einem Munde: „Erzähl!"

Andrea: „Für euch exklusiv vorab! Das war wieder so nach dem Murphyschen Gesetz: Alles, was schiefgehen kann, geht auch schief. Wir hatten kein Hotelzimmer vorbestellt. Als wir nun mit der Fähre in der Inselhauptstadt Bastia ankamen, beschlossen wir, die Insel zu überqueren und erst auf der schöneren Westseite nach Unterkunft zu suchen. Nach vielen vergeblichen Übernachtungsversuchen brach die Nacht herein, eine zugegeben schöne, klare und milde Vollmondnacht, die uns die Suchfahrt weiter erleichterte. Wir drehten um und grasten Cap Corse ab - mit den gleichen negativen Ergebnissen. Irgendwann riet uns jemand, doch zurück nach Bastia zu fahren über denselben herrlichen steilen Pass wie bei der Hinfahrt, da dort noch das größte Zimmerkontingent zur Verfügung stünde. Wir hielten uns daran und fuhren den Pass hinauf. Das Reservelämpchen an der Maschine leuchtete auf, doch Göttergatte versicherte, er kenne seinen Bock, das reiche noch für 60 Kilometer. Na ja, es wurden dann höchstens zehn, und wir standen mitten auf dem menschenleeren Pass ohne Benzin. Es war inzwischen elf Uhr nachts. Keine Panik, der nächste Autofahrer wird angehalten und um seinen Reservekanisterinhalt gebeten, dachten wir. Der nächste vorbeikommende Autofahrer verfügte nur über Diesel.

Murphy hoch drei

Zunächst einmal gab uns jener Korse den Rat, die Maschine wieder um 180 Grad zu drehen, bergab rollen zu lassen und zu einer nahen Tankstelle, die auf dem Hinweg nicht einsehbar war, zu schieben. Es war schon etwas unheimlich, die Serpentinen mit einer Tausend-Kubik-Maschine wie auf einem Fahrrad hinunter zu rollen. Inzwischen war es Mitternacht, die Tankstelle dunkel. Gegenüber der Tankstelle lag eine Diskothek. Wir stellten uns da auf und warteten. Als erstes kamen zwei Pärchen heraus, die auf einen Jaguar zusteuerten. Wir baten den Jaguarbesitzer inständig um etwas Reserveliter. Es war ein hilfsbereiter Einheimischer, der aber keinen Reservekanister dabei hatte! Kurzentschlossen aber fuhr der Jaguar-Korse samt Frauchen nach Hause und kam zurück mit einem Zehnliterbehälter seines Zweitwagens. Seine Begleiterin zog auch noch einen passenden Trichter aus der Tasche - ich wüsste nicht, wo wir zuhause so etwas hätten! - und es plätscherte beruhigend in den Tank unserer Maschine. Natürlich wollte er keinen Cent dafür!

Wir wendeten also wiederum und fuhren den Pass nun schon dass vierte Mal in dieser Nacht. Ich möchte nicht wissen, was jener alte Mann, am Fenster lehnend im Dorf, dachte: "Ui, schon wieder eine blaumetallic BMW, davon gibt es ja eine ganze Menge!" Gegen drei Uhr früh fanden wir dann endlich ein freies Hotelzimmer. Wir merkten allerdings so gegen halb sieben Uhr früh, dass es direkt am Flughafen gelegen war..."

Helen kichernd. „Waren wenigstens die Matratzen gut, wenn man schon so früh wach ist? Du weißt, um halb acht Uhr ist der Biorhythmus ideal auf Sex eingestellt!"

Andrea: „Hör mir auf! Wieso quietschen gerade in Urlaubshotels die Bettgestelle so gottserbärmlich, kann mir das mal einer sagen? Und zwar im hellhörigen Nebenzimmer genauso! Im nächsten Hotel dann vergaßen wir zu sagen, dass wir ein ein breites französisches Bett wollten und erhielten, wie als Doppelbettzimmer bestellt, eines mit den zwei auseinanderliegenden Betten. Schiebst du die zusammen, rutschen die bei auch nur normaler Bewegung heftigst auseinander! Okay, kaum einer traut sich auch so richtig, an der Rezeption dann umzubestellen, vielleicht auch noch nach einem dem Doppelbett gegenüberliegendem Spiegel zu fragen, weil dann die grinsende Rezeptionistin dies lautstark nachfragt und das herumstehende Publikum besonders herzlich Anteil nimmt."

Helen zu Ingrid: „In der Beziehung stelle ich mir aber einen Segeltörn auch nicht gerade als beziehungsfreundlich vor?"

Ingrid: „Na ja, meinem Begleiter und mir als Landratten gaben die alten Seehasen nämlich die Kabine mittschiffs. Die entpuppte sich als Aufenthaltsraum für alle, der nachts umgebaut werden musste für uns zum Schlafen. Spät wurde es immer, bis der letzte endlich seine Zigarette ausdrückte, ganz zu schweigen wiederum von einem mitreisenden Single-Frühaufsteher, der unbedingt nachts um fünf Uhr die günstigen Winde und die Tide ausnutzen musste. Wir waren sozusagen ein Durchgangslager, was die gewisse Stimmung auch gegen Null sinken ließ, sinken im wahrsten Sinne des Wortes. Und das mir!"

Helen, wieder breit grinsend: „Na, da habe ich Daheimgebliebene gar kein so schlechtes Los gezogen, bis auf den furchtbaren Sonnenbrand, den ich mir im Schrebergarten meiner Eltern holte in der einen heißen Woche hier. Das waren schon Verbrennungen zweiten Grades. Betraf sowohl Vorder- wie Rückseite, und riefen bei den zärtlichen Annäherungsversuchen von Lukas spitze Schreie des Schmerzes meinerseits hervor. Geduldet wurde nur leichteste Massage mit Fingerspitzen zum Auftragen von Anti-Sonnenbrand-Feuchtigkeits-Creme. Lukas musste dann schon mal zwei Tage für weitergehende Behandlungen warten!"

Ingrid: „Mädels, auf diese schrecklichen Erfahrungen hin lade ich euch im Anschluss zu einem Gläschen Schampus ein - zum Trost!"

Helen: „Ich habe aber nicht viel Zeit!" Andrea stimmt mit ein: „Ich auch nicht!"

Ingrid: „Gut, machen wir heute nur zwei Saunagänge und dann nichts wie ab - was meint ihr?"

Zustimmendes Kopfnicken und „Jaaaa"-Antwort der beiden anderen.

Zweideutige Wörter und Gesten

Szenenwechsel. Die drei Freundinnen sitzen an einem Tisch draußen auf der Terrasse eines gemütlichen Cafés in Schwabing, vor sich je ein Sektglas und eine noch halbvolle Flasche 'Veuve Cliqot' und gackern. Ingrid schlägt sich auf den Schenkel und sagt: „Also Andrea, führ' mir doch noch mal den Bussitango vor!"

Andrea steht auf, wirft fast den Korbstuhl um, kann ihn noch rechtzeitig auffangen, wird ernst und beginnt: „Also, das wird hier in unserer Münchner Schickeria immer wichtiger, dass ihr das auch beherrscht! Es ist nicht egal, wie und wo man beginnt! Wir sind hier im westlichen Kulturraum, immer noch, da liest man von links nach rechts, sieht sich im Museum Bilder an von links nach rechts an, und deshalb beginnt man erstens", sie beugt sich vor und streckt die Arme vor wie auf einen unsichtbaren Partner gerichtet, „mit Vorbeugen nach links, Bussi erst auf die linke Wange des Gegenüber, der ja spiegelverkehrt und gleichzeitig dasselbe aus seiner Sicht macht." Auch die Schmatzer nur in die Luft verkneift sich Andrea nicht. „So stößt man nicht mit den Nasen aneinander. Ach ja, Brillenträger wie ich, bitte Brille vorher absetzen! Besonders bei beidseitigen Brillenträgern verhaken sich sonst auch noch die Gestelle - mir alles schon passiert. Und herzhaft und trocken schmatzen bitte."

Küsschen links – Küsschen rechts

Helen: „Nichts finde ich übrigens schlimmer, als wenn einer es darauf anlegt und mir einen feuchten Schmatz mitten auf den Mund drücken will - bäh!"

Ingrid: „Besonders, wenn er älteren Datums ist!"

Andrea, immer noch stehend: "Out ist auch die französische Version - also in diesem Falle", sie lässt eine kleine Kunstpause, fährt dann fort, „also drei Mal hin und her auf die Wangen!" Sie setzt sich.

„Sorgt ja nur für einen Stau der in der Schlange wartenden Männer!", ergänzt Helen lachend.

Ingrid: „Ein Glück, dass uns hier keiner bei deinem Bussitango beobachtete!"

Andrea: „Ach, das ist aber typisch deutsch-nördlich, Ingrid. Ich bin froh, dass ich im Süden im Urlaub wenigstens meine ausufernde Gestik gebrauchen darf, ohne Muttis Satz immer im Ohr: `Halte deine Hände still!'"

Helen, verschmitzt zwinkernd: „Hoffentlich warst du aber vorsichtig da unten in Italien mit deiner Gestik! Kann als Frau oft ganz schön zu Missverständnissen führen."

Andrea: „Du meinst, beim Daumendrücken?"

Ingrid schenkt die Gläser neu nach, und niemand protestiert: „Kläre mich mal bitte auf!"

Helen prustend: „Na steck' doch wie in unseren Breitengraden mal den Daumen in die Faust - na, dämmert's?"

Ingrid: „Ah, jetzt fällt es mir wieder ein: Dort unten muss man Zeige- und Mittelfinger kreuzen, um Glück zu wünschen!"

Andrea: „Und beim Rückwärtseinparken dem Autofahrer dort bitte nicht mit Daumen und Zeigefinger ein O bilden, um ihm damit Okay anzudeuten". Etwas in belehrendem Ton fährt sie fort: „Das bedeutet nämlich 'cazzo', du weißt schon."

Helen: „Du meinst kleines A....loch?"

Andrea: „Das wäre 'cazzino' und in Rom und im Vatikan gleich das noch schlimmere Schimpfwort!"

Kurze Pause. Dann prusten Ingrid und Helen gleichermaßen los.

Ingrid: „Eines weiß ich ja auch: Ja nicht in Spanien als Frau in den berühmten Mallorca-Ballermann-Song mit 'caramba, carajo' laut mit einstimmen oder dies als Fluch benutzen, wenn daneben ein Spanier steht, denn damit ist das beste Stück des Mannes gemeint! Außer man will, dass es als eindeutiges Angebot miss- beziehungsweise verstanden wird!" Zu Andrea gewandt: „Du hast hoffentlich neulich bei Eurem Ausflug nach Barcelona nicht das Wort 'cabron', nämlich Ziegenbock verwendet?" Kurze Kunstpause von ihr." Da der Ziegenbock nämlich Hörner aufweist, beleidigt man das männliche Gegenüber damit, dass ihm selbige seine Frau aufsetzte! Und das ist das Schlimmste für einen Latino-Macho: Er selbst dürfe ja fremdgehen, aber seine Partnerin mitnichten! Das wäre ein Angriff auf seine Männlich- und Leistungsfähigkeit!"

Helen: „Wieder was gelernt! Aber ihr könnt ja noch sitzenbleiben, ich muss an den Schreibtisch, die freien Mitarbeiter wollen heute noch ihre Honorarabrechnungen. Bis denn dann!"

Die Rolle der Zahnpastube in der Beziehung

„Du, das war eine wunderschöne, originelle Hochzeitsparty bei euch in der Wohnung am Wochenende!" Andrea umarmt Helen im Umkleideraum. Ingrid kommt sich abtrocknend aus der Dusche hinzu. "Ja, finde ich auch. Besonders hat mir der Roséwein aus dem Fass gefallen. Muss ich mir merken für unseren nächsten Event." Helen strahlend und den Bademantel abstreifend: „Ja, könnt ihr gerne über uns und unsere Barbeziehungen bestellen! Wär' das nichts für deine demnächst anstehende Housewarmingparty, Andrea?"

Die nickt, ebenfalls gerade aus der Dusche kommend. „Kann ich dann gleich alles als Catering fertig bei Euch bestellen?", sinniert Andrea laut. „Ich bin nämlich kein Fan von Partys, bei denen jeder was selbst Gemachtes mitbringen soll: Das kann funktionieren, bedarf aber einer strategischen Chef-Menüplanung, sonst hat man drei Zazikis und keine einzige Schinkenplatte. Und das mit dem Helfen in der Küche von beflissenen Hausfrauen macht mich ganz nervös, denn man findet anschließend nichts mehr wieder!"

Helen: „Gebongt! Wir rücken mit allem komplett an und bringen in deiner neuen Landhausküche nichts in Unordnung, versprochen!"

Ingrid: „Bei solchen Einladungen halte ich es lieber mit den Männern, die ungerührt beim Bier sitzen bleiben in solchen Fällen und eh die interessanteren Gespräche führen." Und auf dem Weg zum Saunaeingang über die Schulter zu Helen: "Hätte übrigens nicht gedacht, dass du es doch noch packst mit dem Eheleben! Ich hatte Lukas auch bisher eher so als einsamen Wolf gesehen, als ich ihn bei der Ausstattung unserer neuen Gesundheitsserie beobachtete. Doch wie ich Andrea kenne, hat sie mit ihrer längeren Bindungserfahrung gleich ein paar Ratschläge für euch parat!" Spricht's und steigt auf die höchste Bank.

Andrea mit Helen hinterher auf die mittlere Bank. Andrea breitet ihr Badetuch aus und beginnt tatsächlich mit einem Seitenblick auf Helen: „Klar, jede Menge! Wichtig: Umerziehungsversuche schön bleiben lassen! Wer soll abwaschen? Na die Geschirrspülmaschine natürlich! Die schafften wir in unserer jungen Studentenehe noch vor der Waschmaschine an."

Helen, etwas geknickt: „Ich beneide euch, um euer 'jung gefreit', da seid ihr zusammen groß geworden sozusagen, zusammen gewachsen, das habe ich wirklich beobachten können seit deinem Volontariat in unserer Reaktion, Andrea. Aber bei uns beiden ist das nicht so einfach. Lukas und ich sind schon etliches über 30 und haben unsere eingefahrenen Macken. Mich regt auf, dass Lukas über Probleme einfach nicht reden will, sondern sich dann zurückzieht und an seinem Segelboot arbeitet."

Ingrid setzt sich auf, um herunter zu steigen auf die mittlere Holzbank, von der Andrea sich ebenfalls aufsetzt: „Hauptsache, du verlangst nicht von ihm, im Sitzen zu pinkeln! Das vertreibt nämlich jeden Lover! Wozu gibt's Putzfrauen?"

Andrea kichert. „Mindestens ebenso wichtig ist das, was ich Dir jetzt rate: Jedem seine eigene Zahnpasta! Also unsere Ehe hält unter anderem vielleicht auch dadurch, dass jeder seine eigene Butter und seine eigene Zahnpasta hat! Ich darf daher in meine Butter Löcher bohren, während Göttergatte als Ingenieur fein säuberlich Scheiben abschneidet. Wir werden doch nicht um so etwas streiten, beschloss ich schon früh. Aber es soll Scheidungen geben, weil die Partner nach etlichen Jahren einfach die schlampig zerdrückte Zahnpastatube beim anderen nicht mehr sehen konnten!"

Gelächter rundherum, auch von den anderen Besucherinnen auf den Bänken. Andrea, die diese Art Beifall sichtlich genießt, richtet sich noch mehr auf: „Und dann die Doppelbadewanne! Unbedingt anschaffen wie wir jetzt im neuen Haus. Und wenn dafür die Türdurchbrüche größer werden müssen und die Handwerker süffisante Bemerkungen machen! Es kann ja vorkommen, dass man sich für getrennte Schlafzimmer zwecks Schnarchgeräuschbelästigung entscheidet, aber die Doppelbadewanne ist unersetzlich als d a s Kommunikations-Zentrum für eine gute Partnerschaft - in jeder Beziehung. Nichts ist schöner, als zusammen entspannt im warmen Wasser zu liegen, zu klönen und den Tagesrückblick zusammen durchzunehmen und all das zu treiben, was man sich dazu vorstellt. Die Ablagen für die Champagnergläser nicht zu vergessen."

Helen seufzend: „Du hast ja gut reden, aber baue die mal in die üblichen Bäder einer Mietwohnung wie bei uns ein!"

Ingrid beugt sich vor: „Na, da sind wir ja gespannt auf deine Doppelbadewanne nächstens bei der Hausbesichtigung auf dem Land!"

Die verruchte Doppelbadewanne

Unser Weibertrio macht es sich bequem in der Saunakabine, die sie zufällig wieder mal allein für sich haben. Helen zu Andrea: „Also mit deiner Doppelbadewanne hast du uns ja nicht zu viel versprochen! Wirklich beeindruckend!" Ingrid nickt zustimmend: „Und dann auch noch so schick carneolfarben!

Andrea, wichtig: „Das war aber eine Zangengeburt mit Schieflage, sage ich euch! Wir mussten extra lange auf die warten, weil die Firma, die erst nicht damit heraus rücken wollte, die Farbe erst beim dritten Brennvorgang hinkriegte. Beim ersten Mal war sie angeblich violett! Und so lange konnten wir die Badezimmertür nicht einsetzen, weil ja das Ding da hindurch musste."

Ingrid: „Was sagte denn die Dorfbevölkerung dazu, als die geliefert wurde? „

Andrea: „Das führte tatsächlich zu Straßenaufläufen der Nachbarn! Und als wir die kurzerhand zum Einstand zu Kaffee und Kuchen einluden, da ernteten wir schon scheele Seitenblicke, nur: Warum regt sich keiner beim Doppelbett im Schlafzimmer auf?! Und das Bidet sorgte ebenso für Aufsehen. 'Was braucht's denn so einen Schmarrn?' Hörte ich den Bauern von gegenüber zu seinem Weib sagen."

Lacherfolg bei den beiden Zuhörerinnen.

Ingrid: „Und die Bauarbeiter selbst, die die Wanne einbauen mussten, was sagten die denn dazu?"

Andrea. „Ach die Bauarbeiter! Die hatte ich doch im Griff, seit ich beim Fußballspiel neulich offiziell – mehr aus Verlegenheit - auf Unentschieden tippte. Der Vorarbeiter, für den ich sonst Luft war und der nur immer meinen Mann ansprach in Baufragen, war seitdem sehr respektvoll im Umgang mit mir, denn keiner hatte das 1:1 unserer Nationalmannschaft erwartet. Seitdem hieß es nur noch: 'Wo wollen Sie die Seifenschale hin haben',oder: ' Ist Ihnen die Holzverkleidung in der Höhe so recht ?"'.

Helen: „Ich beneide euch wirklich um so eine Doppelbadewanne. Immer findet man in Wohnungen nur das 0,75x1,70m-Standardmaß vor. Denn wie bitte soll man darin zu zweit baden? Einer hat immer die Armatur in der Wirbelsäule, der andere sitzt auf dem Ablaufknubbel, und die Champagnergläser müssen auf den spitz aus dem Wasser ragenden Knien balanciert werden! Ganz zu schweigen davon, dass eine Seite oft in Hüfthöhe verengt konstruiert ist, so dass man bei heftigen Bewegungen plötzlich festsitzt!"

Ingrid: „Ist es nicht auch auffällig, dass zwar Hollywoodsternchen und sogar -Stars sich als Gipfel der Verruchtheit unter der Dusche paaren, sich in einer überschäumenden Badewanne aber allenfalls allein räkeln dürfen oder darin unerotisch erwürgt oder ertränkt werden?"

Helen: „Loriot kam als einziger auf die Idee, mal zwei Männeken darin unterzubringen, die sich dann prompt um die Bade-Ente stritten."

Das moderne Kommunikationszentrum

Andrea: „Welch Abstieg von der fröhlichen körperfreudigen Badehauskultur des Mittelalters bis zur heutigen Badezimmer-Barbarei! Die Badesitten waren immer schon ein Gradmesser für den Stand der Kultur im Abend- wie im Morgenland. Daran gemessen haben wir es heute bei uns regelrecht mit einem Kulturverfall zu tun. Vom Frevel der Komfort-Hotels mit dem Angebot mickriger Sitzbadewannen oder gar nur der einzigen Alternative Dusche ganz zu schweigen."

Helen: „Ich gebe Dir recht. Kennt ihr das Buch von Luciano de Crescenzo: 'Also sprach Bellavista'? Darin vergleicht er den rational geprägten Norditaliener, der das effiziente Duschen vorzieht, mit dem emotional geprägten Süditaliener, der sich mit Zeitung und Zigarre genüsslich zu langer Sitzung in die Badewanne zurückzieht."

Ingrid: „Klar, kennen wir das!"

Andrea: „So eine Doppelbadewanne ist außerdem das ideale Kommunikations-Zentrum für eine moderne Partnerschaft, sage ich euch, in jeder Beziehung. Nichts ist schöner, als nach getaner Arbeit abends zusammen entspannt im warmen Wasser zu liegen und all das zu treiben, was man sich dazu vorstellt - also vom Lesen bis zum gemütlichen Klönen und dem gegenseitigen Tagesrückblick. Und natürlich gehört die großzügige Ablage für die Champagnergläser in Reichweite."

Ingrid: „Man darf nur den zusätzlichen Wassertankeinbau mit Solaranlage nicht vergessen."

Andrea: „Und den Einbau der Massagedüsen an den richtigen Stellen! Denn einen Haken weist unser carneolfarbenens, sinnliches Kommunikations-Zentrum nämlich auf: Göttergatte, der Ingenieur, glaubte, die Whirlpool-, Luft- und Massagedüsen perfekt nach seinen individuellen Plänen einbauen lassen zu müssen. Es kam, wie es kommen musste und wie er selbst zerknirscht heute zugibt: Die von ihm geplanten Düsen whirlen jetzt eindeutig an den falschen Stellen!"

Lachend verlassen die drei Grazien die Kabine.

Feng Shui in der Liebe

„Erkläre uns das doch einmal mit dem Feng Shui in deinem Haus und besonders, was die Liebe angeht, Andrea!" So Helen im Ruheraum, nachdem ihr in der Sauna selbst zu viel Betrieb war, um zu ratschen.

Andrea dreht sich auf der Liege zu Ingrid und Helen: „Ihr kennt mich ja: Ich bin ja nicht gerade die fanatische Esoterikerin, im Gegenteil, aber in das Thema habe ich mich hinein gekniet. Gut, schon mein Vater hat bei unserem damaligen Familienhaus einen Wünschelrutengänger kommen lassen, um die Wasseradern zu bestimmen - da ist auch was dran. Aber ich kam zur Lehre des Feng Shui, weil ich einen Schweizer Guru und eine englische Expertin auf diesem Gebiet beruflich bedingt interviewt hatte, und daraufhin, einmal „Blut geleckt", die Bücher der legendären Lilian Too verschlang.

Und so habe ich meine Erkenntnisse. Dass wir unser Häuschen perfekt den Lehren dieser chinesischen Philosophie entsprechend in die Mitte des etwas abfallenden Grundstücks setzten, wie ihr sehen konntet. Wir stellten unseren Neubau nicht, wie die meisten Feng-Shui-Laien unter den Bewohnern, wegen des besseren Panoramablickes auf die zugige Hügelkuppe! Heute kann ich es ja beichten: Ich hatte doch gleich so ein undefiniertes, positives Energiegefühl am Standort. Na ja, ich nenne es weibliche Intuition oder nur gesunden Menschenverstand, da ich logisch den Windeinfluss hochrechnete."

Helen: „Du, mich interessiert mehr, was die Regeln für die Partnerschaft angehen!"

Eine ältere Dame auf einer gegenüberliegenden Liege richtet sich auf und bemerkt: „Merken Sie nicht, dass Sie hier stören mit ihrem lautem Reden - das hier ist ein Ruheraum!"

Andrea richtet sich auch auf: „Entschuldigung, ich werde leiser reden."

Sie rückt näher an ihre beiden Kolleginnen und lässt ihre Erklärung nun im Flüsterton folgen: „Leider muss man sich eigentlich entscheiden zwischen Reichtum einerseits und Erfolg in der Liebe andererseits, das schließt sich gegenseitig aus."

Ingrid mit Seitenblick auf Helen: „Also, wie ist das erst einmal mit dem Reichtum?"

Geld oder Liebe?

Andrea: „Eine der wichtigsten Erkenntnisse von Feng Shui: Wasser muss auf einen zufließen, damit man zu Reichtum und Wohlstand kommt, ganz egal, ob es sich um einen Fluss, eine Meeresbucht, auf die man blickt, oder einen Springbrunnen handelt, den man links vom Eingang, (von innen nach außen gesehen), aufstellen muss. Deshalb konzipierten wir unseren kleinen Zierteich mit Winzwasserfall auch in der linken Gartenecke, vom Wohnzimmer aus gesehen. Mal sehen, ob uns das hilft bei den gewaltigen Hypotheken! Andererseits fließt unser Grenzbach am unteren Ende des Grundstücks von rechts nach links - also wie gewonnen, so zerronnen, was unser Geld betrifft. Und den Eindruck habe ich schon lange!"

Die drei Freundinnen lachen. Die Dame gegenüber wieder mit einem bösen Blick auf Andrea: „Ja, merken Sie denn nicht, dass Sie wirklich stören, niemand ist an Ihrem ganzen Leben interessiert!"

Eine andere Besucherin, eher im Alter der Drei, dreht sich zwei Liegen neben Andrea zu ihr und sagt: „Ich finde das sehr interessant, mich stören Sie nicht!"

Die ältere Dame steht kopfschüttelnd auf, greift nach ihrem Badetuch und verschwindet in Richtung

Saunakabine.

Andrea, zur anderen Besucherin gewandt und eine Grimasse ziehend: „Danke! Also zur Feng-Shui-Liebe: Normalerweise legt man doch den Hauseingang in den Norden, aber das würde hier kein Glück bringen in der Beziehung, sondern sogar bedeuten, dass unangenehme Situationen bevorstünden. Also legten wir den Hauseingang auf die Ostseite, was wiederum der genehmigende Bauamtsbeamte wörtlich „hirnrissig" fand, weil man erst ums fast halbe Haus herumgehen muss. Aber wir konnten das belassen, nachdem wir uns dafür zu Sprossenfenstern verpflichten ließen."

Wieder Gelächter der Zuhörerinnen, einschließlich der Unbekannten.

Andrea weiter: „Sehr wichtig ist aber die Farbe rot, logischerweise sogar überaus wichtig – wir schenken uns ja auch rote Rosen in der gewissen Anspielung - aber jetzt bitte weg mit den Dornen nach Fengshui! Und natürlich keine Blumen, schon gar nicht Topfplanzen ins Schlafzimmer - das weiß man ja schon ohne Feng Shui. Auch keinen Fernseher oder Computer ins Schlafzimmer. Das kann Untreue bedeuten. Aber sonst rote Vorhänge nehmen, rote Tapeten, die können wiederum geblümt sein."

Ingrid: "Ja spinnst du! Das sieht doch dann aus wie in einem Bordell!"

Helen: „Ich hätte allerdings so schöne bordeauxrote Vorhänge, die könnte ich austauschen gegen meine naturfarbenen, seidenen!"

Ingrid schüttelt den Kopf und steht auf.

Andrea: „Jedenfalls sollte man wenigstens in die Südwestecke was Rotes stellen, sagt Lillian Too. Ich kann euch nicht alle Tipps wiedergeben, am besten ihr besorgt euch ihr tolles Buch 'Feng Shui der Liebe'".

Helen: „Das mache ich bestimmt. Jetzt aber wirklich zum zweiten Gang!"

Die Unbekannte steht auch auf und sagt lachend: „Ich gehe mit Ihnen, ich habe doch glatt was gelernt!"

Die anderen kriegen ihre 1,3 Kinder und wir?

„Jetzt ein Haus, verheiratet sowieso, beide gute festangestellte Jobs - wann kommen denn die Kinder?" fragt Helen mit Seitenblick zu Andrea nach dem dritten Saunagang und beim ausgiebigen Einölen ihrer Körperpartien. „Ich wollte das nicht vor den anderen in der Saunakabine fragen, aber du bis doch mit deinen 36 Jahren jetzt im idealen Alter!"

Andrea, die auch mit ihrer Körpermilch hantiert: „Du bist ja verrückt! Ich habe doch erst den neuen Job, ich will auch erst so richtig Karriere machen! Außerdem können wir uns keine Babypause leisten bei den hohen Hypotheken. Das Grundstück ist ja bildschön, aber teurer, als wir zunächst in der Planung hatten." Helen: „Aber die biologische Uhr tickt, du weißt schon".

Andrea legt die Körpermilch aus der Hand und wendet sich Helen zu. „Du bist ja schon wie unsere Dorfnachbarn, die sagen: 'Euer Haus ist ja ganz schön groß geworden, da ist aber viel Platz für Kinderzimmer.' Da zieht sich mein Mann immer mit Schulterzucken und so einem verschwörerischen Lächeln aus der Affäre und ich habe es schon gebracht, über meine Putzfrau, die wandelnde Lokalzeitung im Ort, eine Unterleibskomplikation bei mir vermuten zu lassen!"

Ingrid, die bisher stumm zuhörte und schon ihren BH zuhakt: „Also ich finde, Kinderkriegen hat sowas Beängstigendes, Endgültiges. Du kannst deinen Wohnort, deinen Beruf, auch deinen Mann wechseln, nicht aber die Kinder."

Andrea nickt heftig. „Es ist ja nicht so, dass ich strikt gegen Kinder bin - schon gar nicht bei den anderen. Aber wenn ich mich so umschaue bei meinen Ex-Klassenkameradinnen, dann sehe ich eher abschreckende Beispiele, sobald die Frau versucht, ihre Berufstätigkeit damit zu verbinden. Ich sehe es an Sarah: ähnliche Ausbildung wie ich, ebenfalls promoviert, gute Aufstiegsschritte bis zur Leiterin eines Museums - und dann das Kind. Sie hat alles perfekt durchorganisiert: Sie arbeitet nun wöchentlich vier mal zehn Stunden. Montags und mittwochs kommt eine Kinderfrau, dienstags ist das Kind bei der Schwester, donnerstags nimmt sich ihr Mann des Kindes an, der Hochschuldozent ist und freitags ist der Mami-Wochentag. Sie hat noch Glück, dass sie im öffentlichen Dienst diese 4-Tage-Woche organisieren kann. Schrecklich wird's, wenn die studierende Schwester am Dienstag eine Prüfung hat oder die Kinderfrau krank wird – mir graust vor so viel durchorganisiertem Privatleben. Das Kind kommt mir auch etwas hektisch vor!".

Helen seufzend. „Wenn eine, dann kriegtest du das organisiert, Andrea! Ich würde dich für eine gute, lässige Mutter halten!"

Hund oder Kind?

Andrea: „Ja, wenn man das Kind zu einem Hort direkt am Arbeitsplatz mitnehmen könnte! Warum hat eigentlich euer Fernsehsender bei all der grünen Parkumgebung nicht mal an so etwas gedacht?"

Ingrid, die schon in ihren engen Rock schlüpft: „Du, da gab es vor Jahren mal eine Umfrage dazu, aber viele Leute wollten dann auch einen Hundepark und -zwinger, dann ist das Ganze wieder gestorben!"

Andrea, die auch bereits ihre Bluse zuknöpft: „Sieht euch ähnlich! Meine Mutter sagte auch immer, ich solle doch Lehrerin werden, da könne man am besten nebenbei Kinder kriegen und hat so schöne lange Feistellungszeiten, ohne dass die Karriere leidet. Aber ich wollte keine 'Karriere' als Lehrerin!"

Ingrid und Helen lachen. Letztere: „Kann ich mir bei dir auch nicht vorstellen! Bei mir ginge es zwar noch rein biologisch mit letzter Kraft, aber Lukas und ich, muss ich zugeben, sind so egoistisch, wir genießen jetzt unsere Verbindung zu zweit. Kein schreiendes Kind, das schon um 5 Uhr früh Frühstück will, keine Hausfrauenkariere, wo ich frustriert und ausgelaugt auf ihn warte und ihm als einziges Thema erzähle, was der Spross wieder alles angestellt hat, kein Verzicht auf unsere Urlaube im zweisitzigen Cabrio und all die schönen Unternehmungen halt, die mit Kindern nicht möglich sind."

Andrea: „Aber während Alexander und ich niemanden zum Nicht-Kinderkriegen überreden wollen, wollten uns schon viele, viele zum Gegenteil bekehren und das zuweilen ganz fanatisch. Ist das nicht seltsam?"

Helen: „Aber meinst du nicht, du bereust vielleicht eines Tages doch, nicht Großmutter werden zu können? Ob wir nicht doch irgendwann irgendwas bereuen und meinen, verpasst zu haben?"

Ingrid: „Ich weiß es nicht. Kann man etwas vermissen, was man nicht kennt?"

Die anderen beiden sind inzwischen auch fertig angezogen und packen ihre Taschen zusammen.

Andrea: „Aber wir könnten es dann lässig zugeben. Doch welche Mutter kann schon zugeben, dass sie das Kinderkriegen bereut?"

Ingrid, schon beim Hinausgehen durch das Drehkreuz und danach wartend auf die anderen beiden: „Beschränken wir uns auf das Tantensein, meine Lieben. Sind gute Tanten und Onkel nicht auch wichtig für Kinder neben den Eltern? Ich erinnere mich an meine kinderlose Tante Julia, bei der mein Bruder und ich gern übernachteten, weil sie uns behandelte wie richtige Erwachsene. Und weil wir dort später ins Bett gehen durften. Sie war es auch, die mir, als 13 war, den ersten BH schenkte, ein wunderbares, dunkelblaues Exemplar!"

Andrea: „Wir sind auch sehr beliebt bei unserem Neffen, allein schon wegen unseres Motorrades. Wir lieben ihn sehr. Ich habe es schon fertig gebracht, meine verstaubte Nähmaschine vom Dachboden zu holen und ihm gewagte Latzhosen zu nähen, stellt euch vor!" Kichernd: „Aber nach jedem Besuch sind wir auch erschöpft und wieder froh, wenn seine Eltern ihn wieder mitnehmen!"

Großes Abschiedsgewinke nach dem Heraustreten aus dem Gebäude.

Unsere WC-Bibliotheken

„Habt ihr schon den neuen geilen Bestseller dieser englischen Autorin gelesen mit den vielen Sado-Masotechniken?" Helen richtet sich auf ihrer mittleren Saunabank auf.

Ingrid, die wieder oben liegt, fast schläfrig: „So ein Schmarrn, ich kaufte es neulich am Flughafen und las es im Flugzeug nach Miami. Beschissener Stil, esoterisch angehaucht und eigentlich nichts Neues unter der Sonne! Verstehe diesen Verkaufserfolg überhaupt nicht."

Helen, kichernd: „Also ich habe ein paar Anregungen für Lukas und mich daraus gezogen."

Ein Mädchen von etwa 20 Jahren, das gegenüber von Helen sitzt, schüchtern: „Ich habe alle beiden Bände verschlungen. Ich fand es spannend."

Andrea, von ihr zu Helen blickend: „Du leih mir das doch, wenn du es ausgelesen hast - Geld will ich dann ja extra nicht ausgeben nach Ingrids Urteil."

Ingrid: „Oder stell es in deine WC-Bibliothek, Helen".

Die Angesprochene: „Dann kommt keiner mehr so schnell vom Klo runter, sag' ich Dir."

Ingrid: „Also ich finde lange 'Sitzungen' und gar noch Lesen auf der Toilette bekloppt. Noch dazu, wenn ich wie bei mir in Kopfhöhe daneben das Urinal habe!"

Das Urinal mit der Fliege

Helen: „Was, du hast ein Urinal?"

Ingrid: „Hat man jetzt in den modernen Wohnungen. Noch dazu hat meines eine Fliegenabbildung darin an der Stelle, wohin die Männer zielen sollen - Service einer Markensanitärfirma! Dass du so etwas nicht gleich eingebaut hast in euerm Haus, Andrea!"

Andrea: „Irgendwie war da kein Platz mehr, mir war das Bidet dafür wichtiger."

Helen, kichernd: „Was haben da aber erst die Dörfler und Bauarbeiter gesagt, zu deinem Bidet?!"

Andrea: „Das haben sie zu niedrig eingebaut, die Deppen! Obwohl ich sie darauf aufmerksam machte, dass noch Estrich und Fliesen rein kämen, haben sie es doch nicht berücksichtigt. Ich habe ihnen das dann nach Fertigstellung sitzend vorgeführt - in voller Montur mit Jeans natürlich - , dass man jetzt die Knie unterm Kinn habe! Das war ihnen schon unangenehm, als ich fragte, ob man denn in Bayern kein Bidet kenne! Aber Helen, ich fand deine Idee mit Büchern auf einem Regal in der Gästetoilette super und habe es Dir gleich nachgemacht. Im Regal mit den Handtüchern habe ich gleich zwei Fächer frei geräumt. Ich oute mich nämlich auch als WC-Leser."

Ingrid: „Und welche Lektüre dürfen wir darin bei unserem nächsten Besuch erwarten?"

Andrea: "Ich habe versucht, jeglichem Geschmack der Besucher gerecht zu werden: Garfield-Comicbücher ganz unten griffbereit für die Kinder, für die Literaten Balzacs hinreißendes Antiaging-Plädoyer 'Die Frau über 30'. Die Geschichtsbewussten finden ein Buch über die Bastarde der Königshäuser und auch die Esoteriker kommen nicht zu kurz mit 'Geheimnisse des Universums'. Natürlich gibt es auch die aktuelle Wochenzeitung."

Ingrid zu Helen: „Deine Auswahl spricht ja auch Bände. Sah ich nicht 'Von Donnerbalken und Innerer Einkehr - eine Klo-Kulturgeschichte' bei dir und außerdem passend 'Der Furz- vom Urknall bis heute'?"

Das junge Mädchen kichert mit der lachenden Andrea, die hinzufügt: „Ich erinnere mich auch an das ein Handlese-Poster an der Wand gegenüber und an einen Band über Hexengifte und Liebestränke sowie für schwere Verdauungsfälle wohl die 'Worte der Güte' von Papst Johannes XXIII."

Helen: „Wusste nicht, dass euch meine Auswahl so beeindruckt hat! Ihr habt vergessen den herrlichen Kinderbildband: „Wo kommet denn di kloina Kendla her' zu erwähnen."

Ingrid: „Falls man zu zweit auf die Toilette geht?"

Die ganze schwitzende Runde lacht. Das Mädchen, nun weniger schüchtern: "Aber warum gibt es eigentlich das Toilettenpapier mit aufgedruckten Sinnsprüchen nicht mehr?"

Ingrid: „Wohl aus irgendwelchen Umweltschutzbestimmungen wegen der aufgedruckten farbigen Buchstaben und Bilder."

Andrea: „Ich hab' eine Idee! Ich werde das Gästebuch dort aufhängen mit Stift. Denn wo, wenn nicht im stillen Örtchen hat man Zeit und Muße für die Eintragungen?"

Alle verlassen lachend die Saunakabine.

Unsere Modeberater

„Ui, du warst wieder im Kurzurlaub in Italien bei deinem tollen Friseur, Andrea? Sieht man gleich". Helen fängt Andrea noch vor dem Dantebad am Parkplatz ab und sie gehen gemeinsam hinein und mit ihren Dauerkarten auch schnell am kontrollierenden Bademeister vorbei.

Andrea, rückwärts über ihre Schulter zu Helen: „Sieht man gleich, was? Ja, es geht nichts über den schönen schwulen Roberto in San Remo! Der weiß einfach, was mir steht!"

Ingrid ist schon am Ausziehen, bemerkt ebenfalls Andreas neue Frisur. „Schick, der ausgefranste Girlie-Look! Ist aber viel kürzer, was?"

Andrea zieht den Reißverschluss ihrer Sporttasche auf und nimmt den Bademantel heraus: „Roberto geht nach der Gesichtsform und nicht nach der Einheitsmode der Schickimickis. Das ist sein Credo. Roberto erklärt mir, dass bei meinem länglichen Gesicht ich nur kinnlang tragen sollte."

Ingrid: „Ja man sollte nur homophile Modeberater haben. Bei uns im Sender leuchten auch die schwulen Kameraleute unsere zickigen Moderatorinnen am vorteilhaftesten aus. Nicht zu kaltes Licht eben."

Andrea: „Ist halt wie in der Mode. Die besten Modeschöpfer, die sich in eine Frau eben hineindenken können, sind halt stockschwul."

Helen: „Aber wir haben auch eine wunderbare Hetero-Maskenbildnerin, die Jutta, da müsst ihr zugeben, die schminkt auch schmeichelhaft. Mein Hochzeitsensemble aber kaufte ich nur bei Francesco in der Hohenzollernstraße, der ist auch vom anderen Ufer und riet mir zum Apfelgrün, zu dem ich sonst nie gegriffen hätte!"

Andrea: „Du sahst auch hinreißend darin aus. Mit passendem Spitzenjäckchen."

Ingrid: „Ich kaufe viel in der Hohenzollernstraße, nebenbei bemerkt."

Helen: „ Jaja, wo es die besten Boutiquen für die Bordsteinschwalben gibt!"

Andrea: „Da kriegt man wenigstens originelle Sachen! An der Ecke zum italienischen Restaurant ist auch so ein Laden, da könnte ich fast jedes zweite

Stück rausschleppen! Und jetzt kann ich es euch ja beichten: Das eine weißschwarze Plisseekleid, das ich neulich bei meiner Geburtstagsparty trug, und der enge Dschungelrock sind aus der Nuttengegend in Paris! Dazu noch erschwinglich. Als Alexander mit seinem Kollegen auf der Flugshow von Le Bourget war, habe ich mir die Krachmaschinen erspart und war shoppen im Zentrum. Geriet da nicht weit von den großen Modehäusern in eine Gasse, da waren herrliche Boutiquen, aber auf der Straße davor so dunkle Gestalten, die würfelten oder spielten Karten auf riesigen umgekippten Kleiderkartons. Und die mich so seltsam ansahen. Der Geschäftsführer von Alexanders Tochterfirma erklärte mir dann abends beim Essen, sich vor Lachen schüttelnd, wohin ich da geraten war.. ."

Die gewissen Boutiquen

Ingrid: „Die Adresse wollen wir aber auch haben für unseren nächsten Paristrip!"

Andrea: „Aber die hatten längst die Sexarbeiterinnen mit ihren Zuhältern aus der Gegend vertrieben und an den Stadtrand raus verlegt!"

Helen: „ Aber erzähl mal mehr von Coiffeur Roberto, Andrea."

Andrea: „Trotz festen Termins lässt er ja einen warten, dass du fast alle Magazine inzwischen gelesen hast. Ist schon eine Diva! Aber ihr müsstet mal sehen, welche göttlich-schönen Lehrlinge er auch in seinem Laden beschäftigt. Einer mehr Adonis als der andere! Für jedes Lehrjahr einen. Allein deswegen lohnt sich schon ein Ausflug dahin!" Sie verdreht genießerisch die Augen.

Helen: „Na, was die wohl noch so alles bei ihm lernen?"

Sigrid: „Leider fallen die ja als Flirtpotential aus."

Andrea: „Du hast recht, richtig schade! Dabei soll man doch zweimal am Tag mindestens flirten, das ist gesund!"

Alle lachen, packen die bereitliegenden weißen Badetücher und gehen in den Duschraum.

Wie halten wir's mit Fitness und Bodyshaping?

„Wie machst du das eigentlich, Ingrid, dass du auch nach den ganzen Weihnachtsfeiertagen so deine Figur behältst?" fragt Helen auf der mittleren Saunabank."

„Tja, zweimal die Woche gehe ich auch noch ins Fitnessstudio", antwortet Ingrid, die sich gerade über ihr auf der oberen Bank wie immer ausstreckt. „Ohne Fleiß kein Preis!"

Andrea nickt. „Also, zum Aerobic hat mich ja meine Sekretärin neulich überredet – aber Hanteln stemmen? Ohne mich! Ich fahre zwar nur schwarze Pisten mit Skiern, war Tischtennisjugendmeisterin meines Vereins, habe den Motorradführerschein, mich außerdem mal todesmutig bei einem Journalistenrennen das letzte Drittel der Königsseebahn in Berchtesgaden im Rodelschlitten herunter gewagt, nein, man kann mir nicht vorwerfen, dass ich sportlich kneife. Aber Bodybuilding ist bei mir out!"

„Wieso denn?" Ingrid richtet sich auf und schaut zu Andrea hinunter: „Du warst doch vor drei Wochen ganz begeistert, als ich dich zu einer Schnupperstunde mitnahm!"

Helen verschmitzt, die zum hölzernen Aufgusslöffel greift: "Ich kann mir vorstellen, dass unsere Andrea doch erst einmal fasziniert davon war, sich neue Klamotten mit hohem Beinausschnitt zu erwerben, oder?"

Andrea: „Du, warte noch etwas mit dem Aufguss, ich kann dann nicht so lange drin bleiben. Aber du hast recht, bin los gezogen und habe mir so einen Body in mint-türkis gekauft. Aber nicht ich bin eigentlich das Problem, sondern Göttergatte Philipp! Der war ja mit bei der Schnupperstune und fand es großartig. Der ist ja auch immer so brav und setzt auch das gleich um, was ihm die Übungsleiter sagen. Er wollte auch gleich unsere ganzen Ernährungsgewohnheiten umstellen. Nicht nur, dass nur noch Fisch und Gemüse auf den Teller kommen sollten, ab sofort quoll auch unser Esstisch über von diversen Pülverchen, Mineraldrinks, Eiweißpräparaten, Vitamintabletten. Für jeden von uns beiden in anderer individueller Zusammensetzung, versteht sich. Mit oben genannten Ingredienzen ein fantasievolles

Menü zusammenzustellen, gelang mir immer seltener, wie unsere spärlicher werdenden spontanen Freundesbesuche signalisierten."

Das Schlafzimmer als Fitnesscenter

Ingrid richtet sich etwas auf und blickt auf Andrea hinunter: „Man muss ja nicht gleich so übertreiben!"

Andrea: „Aber er gestaltete auch noch unser Schlafzimmer zu einem Fitnesscenter um: An der einen Dreimeterwand wurde ein Regal allein für die Hantelkollektion eingerichtet, das Renaissancebett vom Flohmarkt musste einer Trampolinwiese weichen und die mühsam hochgepäppelte Sicapalme einem Beincurler."

Helen schüttelt sich vor Lachen. „Und ich habe euch immer für ein ideales Paar gehalten!"

Andrea: „Zu seiner Ehrenrettung sei gesagt, dass dafür seine Ausdauer nichts zu wünschen übrig ließ."

Ingrid, die sich wieder hinlegte: „Aber ich habe euch doch jetzt schon lange nicht mehr im Fitnessstudio gesehen!"

Andrea: „Das Kapitel habe ich auch beendet, nachdem ihm bei einem gemütlichen Sonntagsvormittagsbrunch die mittelschweren Hanteln ins Müsli fielen, nur, weil er lässig jede freie Minute nebenbei für seine Körperkräftigung nutzen wollte! Da habe ich einfach seine mahagonifurnierten Edelhanteln in die Waschmaschine gesteckt beim Bettvorlegerteppichwaschen und offiziell behauptet, sie übersehen zu haben, weil der Teppich ja so eine ähnliche Farbe hat!"

Helen fällt fast der Aufgusslöffel aus der Hand vor Lachen. „Darauf einen schönen Guss, auf dass Dir lieber unsere Fichtennadelmischung hier in die Nase steige denn die Schweißgerüche sich anstrengender Mannsbilder!"

Ingrid geht eine Stufe hinunter und protestiert: „Da kann Andrea sicher bestätigen: Da gibt's keine Pheromonausdünstungen, sondern das Studio entschärft sowas durch einen ausgeklügelten Luftcocktail aus Pfefferminze oder Meeressalz über die Air Condition!"

Helen, nachdem sie den Inhalt des Holzlöffels über die heißen Steine tröpfelt, dass es nur so zischt, und als Service ihr Handtuch kreisend über ihren Kopf schwingt: „Aber den schicken türkisfarbenen Body kannst du doch jetzt in deiner Aerobicstunde gebrauchen - oder was ist damit?"

Andrea mit einem tiefen Atemzug: „Ach, da habe ich mir doch neulich das Knie verdreht, weil ich kalt vom Büro kam und gleich alles mitmachen wollte! Und zwei Wochen konnte ich nur humpeln, habt ihr das nicht mitgekriegt?"

Helen: „Ne, waren ja Weihnachtsferien. Ich sage ja immer: Sport ist Mord".

Der letzte weibliche Vorsprung

„Ich wusste ja gar nicht, dass du älter bist als Alexander, als das jetzt bei deiner Geburtstagsfete herauskam!" Ingrid steigt aus dem Kaltbecken und trocknet sich ab.

„Ja, ganze vier Jahre - na und!", fragt Andrea etwas patzig.

Helen: „Aber da er sittlich reifer ist als du und diplomatischer, merkt man das gar nicht!" feixt Helen.

Alle drei sind nun in ihren Bademänteln und bewegen sich festen Schrittes in die Richtung zum Freigelände. Ingrid wieder: „Mir hat mein Psychotherapeut mal gesagt: Idealerweise sei der Mann zwei Jahre älter!"

Helen, mit Seitenblick auf Ingrid. „Ja zwei, aber nicht 20!"

Andrea, verächtlich: „Psychotherapeuten! Und

warum wird dann die Hälfte der Ehen geschieden?"

Helen schließt hinter sich die Glastür zum Freigelände, einem kleinen hübsch gestalteten, uneinsehbaren Innenhof. Nur die damals von Feng Shui begeisterte Dame wandert ebenfalls auf und ab. Helen zu Andrea: „Du willst einfach nicht lange als Witwe allein bleiben, kann ich mir denken! Denn wir Frauen überleben halt die Männer immer um etliche Jahre."

Ingrid: „Wir sind von Rechts wegen immer schon das stärkere Geschlecht. Schon die X-Chromosomen sind kräftiger, schneller und durchsetzungsfähiger, die weiblichen Säuglinge weniger krankheitsanfälliger. Mädchen lernen in der Mehrheit schneller laufen und sprechen, irgendwie bleiben die Buben immer etwas zurück. Die armen Mannsbilder haben häufiger Kreislaufkollapse und sehen sich einer Selbstmordgefahr häufiger gegenüber."

Andrea: „Da spricht die Expertin der Gesundheitsredaktion! Aber es geht gar nicht ums Witwendasein oder nicht, obwohl das schon abschreckend sein kann, wie ich das bei meiner Schwiegermutter miterlebe. Die sagte mal, dass sie die Witwenverbrennung in Indien ganz sinnvoll fände!"

Ingrid: „Bei manchen Beziehungen hat man das Gefühl, das den Mann überlebende Witwendasein ist die späte Rache der Frau!"

Andre: „Mir geht es nicht um Rache, mir geht es eher um meinen Traumtod, nämlich Doppelsarg hochkant! Stellt euch mal die Gesichter bei unserer Beerdigung vor!"

Kurze Stille, dann prusten alle lauthals heraus.

Helen: „Aber dann hättest du einen sechs Jahre jüngeren Mann heiraten müssen, Andrea."

Andrea: „Zu der Zeit, als Alex und ich heirateten, war das ja noch fast deckungsgleich."

Ingrid: „Wenn ich wieder in meinem Redaktionswissen kramen darf: Da du berufstätig bist, hast du gute Chance, ihn beim Herzinfarkt einzuholen, oder du fängst das Rauchen wieder an! Dann holst du ihn bei der Lebenszeitverkürzung wieder ein."

Helen: „Halte ihn auch mehr vom Schlagbohrer fern und lass ihn nachts einschlafen, erzähle ihm nicht so lange von deinem Berufsalltag. Oder doch nur eine gemeinsame Zahnpastatube anschaffen?"

Andrea: „Das bringt nur ihn als Perfektionisten eher ins Grab, während mir die schlampige Zahnpastatube überhaupt nichts ausmacht."

Die fremde Saunerin, die auch immer noch grinst, mischt sich ein: „Das klingt ja alles sehr berechnend meine Damen! Was, wenn in Zukunft die Lebenserwartungsberechnungen 6,7 oder 5,2 Jahre ergeben?"

Ingrid: „Egal, es bleibt für mich nur ein Schluss: Her mit den jüngeren Männern!"

Nachwort: Wo sind sie geblieben?

Der Saunatreff der drei „Heldinnen" löste sich auf, als Andrea wenige Jahre später ihr Haus im Tegernseer Tal verkaufte und in den Norden der Republik zog mit ihrem Mann, aus beruflichen Gründen. Als sie dort merkten, dass man sich überall mit der richtigen Einstellung wohl fühlen kann, verwirklichten sie wieder Jahre später noch vor der Pensionierung den Traum, doch gleich ganz in den Süden Europas auszuwandern. Dort, in Andalusien nämlich, leben sie mit ihren Tieren auf einer Finca und feierten inzwischen mit neuen und alten Freunden ihre Perlenhochzeit, also 30jährige Ehe entgegen jeder modernen Statistik. Eine Sauna haben sic dort nicht, aber Andrea vermisst sie trotz der vielen Sonne.

Die spät geschlossene Ehe von Helen und Lukas hielt hingegen nur 10 Jahre. Aber auch Helen blieb nicht immer in München. Sie nahm ein Sabbatical-Jahr und segelte mit dem selbstgebauten Segelboot und Lukas über die Meere. Danach trennten sie sich. Heute lebt sie in Australien und ließ sich von den Aborigines zur Heilerin ausbilden.

Ingrid ist die einzige, die in München blieb. Sie machte planvoll Karriere und stieg von der Redaktionsassistentin tatsächlich nach Jahren des Ackerns beim Fernsehen zur Redakteurin und dann sogar zur Reaktionsleiterin auf. Single ist sie immer noch. Hat sich in ihre Eigentumswohnung eine Saunakabine einbauen lassen.

.-.-.-.-.-.-.-.-.-.-.-.-.-.

„Man muss einerseits die Theorie und andererseits die Praxis beherrschen."

Erich Fromm in seinem Buch: „Die Kunst des Liebens."

Von der Autorin sind außerdem erschienen:

***Das Kuriose-Tage-Buch** . Eine Auswahl origineller Gedenk- und Aktionstage übers Jahr. 72 Seiten . 5 Euro . ISBN 978-3-8482-2444-9 . Books on Demand*

Gabriele Hefele nimmt sich hier der originellen Jahrestage an, die die UNESCO und andere Institutionen ausrufen, vom Nudeltag bis zum Omatag, vom Linkshändertag bis zum Putzfrauentag. Diese Tage sind „ein gefundenes Fressen" für die Autorin mit ihrem bekannten Sinn für Humor und Ironie. Man erfährt aber auch die Entstehung und Hintergründe dieser übers Jahr verteilten Aktionstage.

"Ein tolles, amüsantes, kluges, sogar lehrreiches Buch. Wurde von mir verschlungen." Ilse Hug, Waldshut

Mein andalusischer Gärtner. 144 Seiten. 10 Euro
Alhulia-Verlag. ISBN 84-96083-77-2. Über die Autorin

Das sind die gesammelten Anekdoten um und über Miguel, den andalusischen Gärtner, mit dem die Autorin über Gott und die Welt diskutiert, urkomische Missverständnisse und viele Informationen über spanische Eigenheiten inbegriffen. Daneben gibt es handfeste Tipps zur subtropischen Fauna und Flora. Ein Muss für alle Spanien-Auswanderer!
„Herrlich komisch"- super beobachtet", so Leserurteile

„Ich habe mich köstlich amüsiert", Konsul G. Hagl in Málaga

Spanien für Fortgeschrittene. *49 Min.*
Mit passender Latino-Musik, bearbeitet von Udo Lenze
CD ID 970b550b 7,95 Euro. üb. d. Autorin

„Illusionen, Impressionen, Irritationen und Improvisationen" einer Ausgewanderten.
„Lustig, launig und selbst meisterhaft vorgetragen", Hella Hahn

„Super – sowohl die Textauswahl wie die musikalische
Untermalung, Lachsalven bei mir und meinen Freunden!"
Gabriele Berner, Marbella

Wie der Herr so's G'scherr.
Die Streiche meiner Tiere . 128 Seiten. 12,95 € . bod.de
Auch in diesem Buch geht es lustig und manchmal brüllend komisch zu. Hauptdarsteller sind dieses Mal die Pferde der Autorin, Hündin Samba und die drei Katzen.

„Eine liebevoll-witzige Reihe von Anekdoten, die Hefele mit ihren Tieren erlebt. Lesen, genießen, lachen." Bianca Dräger

Was macht die Kuh im Swimmingpool?
Freud und Leid des Landlebens. 96 S . 7,90 €. bod.de (beide Bücher auch als E-Book)
Ein Leben auf dem Land im Einklang mit der Natur – ein Traum? Die Autorin verwirklichte ihn. Dorfleben kann auch seine Tücken haben. Man verliert Intimsphäre, gewinnt aber Nachbarschaftshilfe. Das schildert die Autorin in ihren Geschichten mit Humor und Ironie.

„Eine höchst unterhaltsame Lektüre zum Lesen zwischendurch oder gemütlich im Bett. Es ist ein nettes Mitbringsel für partielle und eingefleischte Landeier oder solche, die es werden wollen."Ruth Weitz